此处打开
哇！这一刻终于来了！我很高兴你能发现我！包装裹得我发闷，但我现在感觉好多了。

卡蒂亚·弗里克斯（Katja Frixe）：生活中，她喜欢慢慢地踱步，以免错过脑海里任何一个转瞬即逝的灵感。她在大学读的教育学，毕业后做过童书编辑，之后开始了职业作家生涯。2019年她在德国布伦瑞克附近第一次产生了创作这本书的念头，并决定记下这些故事。也是从那时起，她和这本书结下了不解之缘。

蒂内·舒尔茨（Tine Schulz）：她从小就喜欢在家里的各种东西上涂鸦，这让她的父母头疼不已。她颇有绘画天赋，从小就决定要做这一行。她在大学读的通信设计，方向是插图。自2013年起，她开始了自由插图画家生涯。2020年，这本书第一次来到罗斯托克。在波罗的海海边，她和它一见钟情，一起度过了一段美好的时光。

这本书：早在2019年，作者就有了创作它的念头。从此，它让作者魂牵梦萦，直到写下它的全部故事。之后，它开始了在德国的巡游：先是在维尔茨堡接受全面检验，然后转到罗斯托克配上专业插图，最后在施佩尔整装待发。

它由茨维考的出版社护送，一路辗转，最后来到各大书店里的漂亮书架上，热切地期盼着给孩子们带来快乐。

［德］卡蒂亚·弗里克斯 著
［德］蒂内·舒尔茨 绘
张颖 译

我是你的一本书，快把我带走吧！

GUANGXI NORMAL UNIVERSITY PRESS
广西师范大学出版社
·桂林·

WO SHI NI DE YI BEN SHU，KUAI BA WO DAIZOU BA！
我是你的一本书，快把我带走吧！

出版统筹：汤文辉
品牌总监：张少敏
质量总监：李茂军
选题策划：李茂军　戚　浩
责任技编：郭　鹏
责任编辑：戚　浩
助理编辑：屈荔婷
美术编辑：刘淑媛
版权联络：郭晓晨　张立飞
营销编辑：赵　迪

Ich bin (d)ein Buch, hol mich hier raus!. Vorsicht: Hier spukt ein Buch
Written by Katja Frixe
Illustrated by Tine Schulz

著作权合同登记号桂图登字：20-2023-180 号

图书在版编目（CIP）数据

我是你的一本书，快把我带走吧！/（德）卡蒂亚·弗里克斯著；（德）蒂内·舒尔茨绘；张颖译. --桂林：广西师范大学出版社，2023.11
（神秘岛. 文学海岸线）
ISBN 978-7-5598-6413-0

Ⅰ. ①我… Ⅱ. ①卡… ②蒂… ③张… Ⅲ. ①儿童小说－中篇小说－德国－现代 Ⅳ. ①I516.84

中国国家版本馆 CIP 数据核字（2023）第 188071 号

广西师范大学出版社出版发行
（广西桂林市五里店路 9 号　邮政编码：541004
网址：http://www.bbtpress.com）
出版人：黄轩庄
全国新华书店经销
北京尚唐印刷包装有限公司印刷
（北京市顺义区马坡镇聚源中路 10 号院 1 号楼 1 层　邮政编码：101399）
开本：720 mm × 1 020 mm　1/16
印张：9.75　　字数：80 千
2023 年 11 月第 1 版　　2023 年 11 月第 1 次印刷
定价：45.00 元

目录

你好，
很高兴认识你！

从现在开始，你就是我的主人了。不是开玩笑的啊！
你可以
阅读我！
而我也会帮你的。

你想知道我叫什么名字？你可以给我起一个名字呀。
哇——
哇——
哗！
这些名字怎么样？
吕迪格尔
卡尔海因茨
格特鲁德

不好！
不——好！
你可以想个更好的名字。

你给我起的名字：

哇，太棒了！
我喜欢这个名字！

好了，现在我要告诉你一个秘密，只告诉你一个人：

我拥有一些神奇的力量！

我本来是住在学校里的，但那里发生了一些事情，老师们说学校里“闹鬼”。

我指的是那里总是发生一些老师们无法理解的事，而不是说那里真的闹鬼。
只有骗子才装神弄鬼。
书才不会呢！！！

所以我从那里出逃并来找你了。
为什么找你呢?
因为你是个好奇宝宝!
我也一样。
我确信:我们一定会很合得来的!

好啦，好啦！我马上就告诉你曾经发生了什么。
你要多一点点耐心，然后安心听！

不过，有一件事你得先告诉我——你是哪种类型的小读者呢？

你喜欢读插图多的书吗？
什么？你觉得我话太多？
好吧，那我直接进入正题吧。

如果你已经具备基础阅读能力，想读长一些的故事，可以直接翻到第 45 页。

你能理解“**鸦雀无声**”这个词吗？或者你可以理解“**惨不忍睹**”这个词吗？

如果你都能做到，那么你太棒了！你可以直接开始阅读第 73 页的故事。

在你决定从哪个故事开始阅读之前——
你能帮我一个忙吗？我的封底很痒！请给我挠挠痒，可以吗？
你真好，谢谢！准备好了吗？

我的小建议：
所有的故事都很精彩。无论你的阅读水平如何，都要把故事全部读完哦。
好的。

开学第一天，我闯祸了

我懒洋洋地躺在书架上，打着盹儿，等待着新入学的孩子们。

今天是开学第一天。

目前，一切都还很平静。

文字
让人浮想联翩。
“乐”看起来旋律动人，
而“婀娜”看起来身姿曼妙。

教室的门开了，花茨老师走了进来。

他把课桌和椅子摆放整齐，把黑板擦干净。

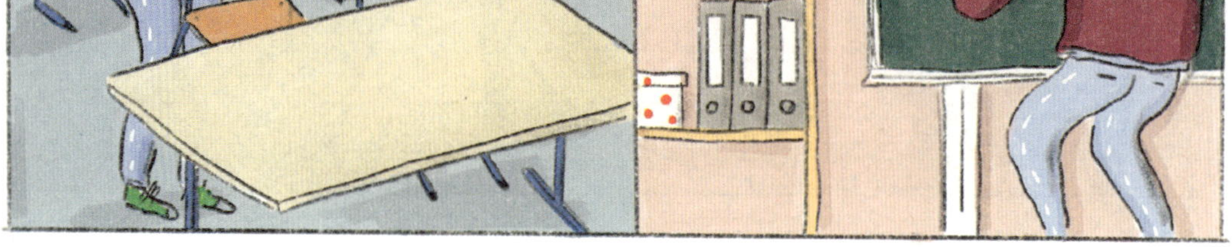

现在他正站在我所在的书架前，给我旁边的鲜花浇水。多有趣呀！

上课铃响了。

“哦，”花茨老师喃喃自语，“时间过得真快。”他把浇水壶放在我身上……

等等，放在我身上？

浇水壶可重了！而且它有股不好闻的味道。想到这一点，我就犯恶心！

你能帮我把它挪开，让我呼吸一下新鲜空气吗？

谢谢你！

我把自己绷得紧紧的，蓄势待发。
我想要那个浇水壶从我身上——

下去！

这时，孩子们拥进了教室。

我用尽全力打开自己，浇水壶被我直接弹飞。

漂亮！

水花四溅。

“哎呀！”

一个男孩边叫边向后躲避。

他撞上了一个女孩。女孩踉踉跄跄地撞上了一张椅子。

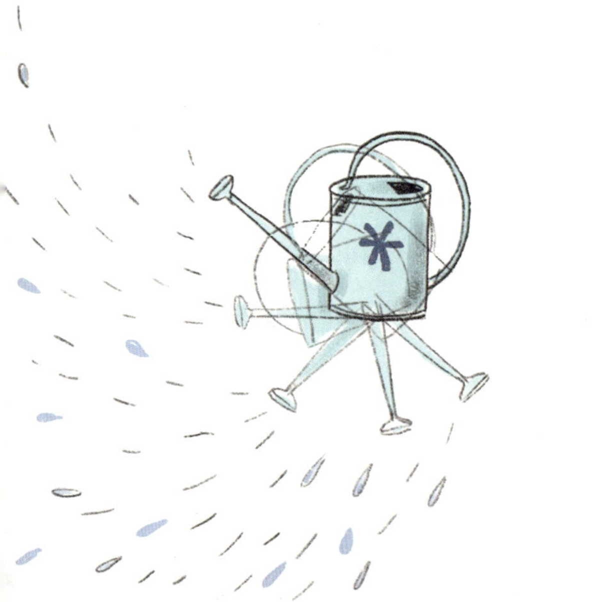

椅子开始摇晃，撞到了花茨老师的屁股。“嘿！这里发生了什么？”花茨老师有点儿生气地问道，他站立不稳，手臂在空中乱舞。

花茨老师摇摇晃晃地撞上了我所在的书架。于是我被撞飞了，重重地摔在地上。

你已经阅读好一会儿了，该休息一下了。把我放在一边，然后站起来活动一下吧。

很好!

先转一转你的右臂，然后转一转你的左臂。

想知道接下来发生了什么吗？让我们继续吧!

花茨老师
把我从地上捡
起来后，

将我放在了讲桌上。

真不错！
这里的视野太棒了，仿佛一切尽在我的掌握之中。

孩子们都坐好了。“大家好！”花茨老师说道，“我们先玩一个‘破冰游戏’吧，帮助大家互相认识。”
“破冰游戏”这个词有点儿难。
抱歉，我不得不用这个词。

花茨老师从他的手提包里拿出了几样东西，并把它们放在讲桌上。

我旁边是一个苹果。啊，它怎么这么香？！

我努力挪动自己，想靠近它一点儿。糟糕，力气用得太大了……

我直接撞到了苹果，苹果滚到了地上。

孩子们笑了起来。花茨老师露出了疑惑的表情。

他把苹果捡起来放回讲桌上，又拿起了一块磁铁，把它举高了些。

“我叫花茨，这个名字里有个拼音 cí，磁（cí）铁这个词里也有。”

“现在轮到你们了。”

我喜欢拼音。你喜欢吗？

我是一本书！我有好多的字，它们都有自己的拼音。所以我觉得这个游戏真的很棒。

“我叫唐莉，”一个女孩走上讲台，举起了一根棒棒糖，“我的名字里有个拼音 táng，棒棒糖（táng）这个词里也有。”

“我叫舒文。”
一个男孩说。

他无助地站在讲桌前面。
“你的名字里有个拼音 shū，
和书（shū）一样！”我喊道。
但他没有听到。

舒文的脸红了。

我铆足了劲儿，
站了起来。

舒文惊呆了，不过他什么都没说。

我翻开了几张书页，拍打了自己几下，想要提示他。

他会意地笑了，说道：“我的名字里有个拼音shū，和书（shū）一样。”

他把我举起来并搂进怀里。“谢谢你。”他低声说道。

你听到了吗？哇，终于有人跟我说话了！

“不客气！”我回答道。可惜人们听不到我的声音。

不过，舒文的毛衣蹭得我很不舒服！

我扭来扭去，上下挪动。

“乖一些，别动。”舒文说道，然后把我搂得更紧了。

可是他的毛衣蹭得我实在太痒了。

不行，我受不了啦！我像发射火箭一样用力把自己弹了出去。

我在空中旋转，翻了个跟头。

“快看！”舒文喊道。

从我的位置往下看，孩子们都好小啊。

“小心！”我大喊。我在空中急速下落，然后……我砸中了花茨老师的头！

不过我并没有停下来，而是摔到了地上。

糟糕，他肯定很愤怒！

我赶紧躲到了花茨老师的手提包后面。

“那是什么？”花茨老师疑惑地问道。

“一本会飞的书。”

唐莉答道。

“我可以肯定，这个地方绝对有古怪。”花茨老师说道。

舒文钻到桌子下面，找到了我。

“别害怕，”他对我说，“我不会告诉别人的。”

我很喜欢舒文，他是个值得交的朋友，就像你一样！

惊心动魄的开学第一天结束了。我和舒文道别，我们都非常期待这个学期的校园生活。

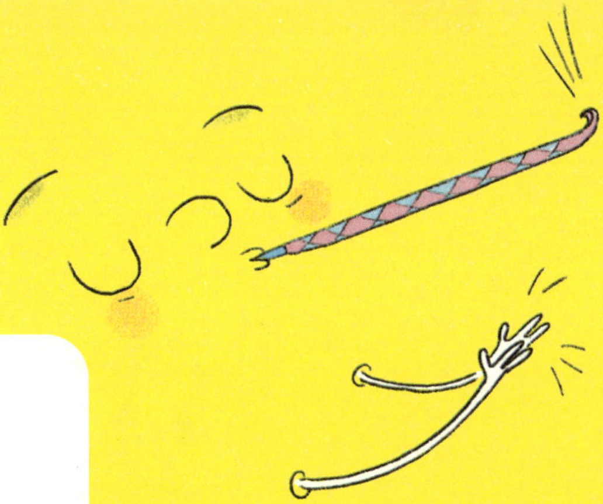

这个故事很有趣，对吧？

你知道最棒的是什么吗？是你独自把这个故事读下来了！

祝贺你！我们继续吧。有我的陪伴，你绝对不会无聊。你马上就知道我为什么这么说了！

等一下！

你觉得第一个故事太简单了？那就翻到第 73 页吧。

你觉得自己需要多加练习？那就翻开下一页吧。

疯狂的音乐课

开学第一天酷帅亮相之后，我和舒文成了好朋友。我很喜欢舒文。

别担心！我也很喜欢你！

舒文喜欢把我从书架上拿下来，带着我在学校里四处转悠。

我跟着他见识了许多新鲜事物，当然也给他添了一些麻烦……

今天我可以和舒文一起去音乐教室了。我喜欢音乐。

你有喜欢听的歌吗？可以哼给我听或者唱给我听吗？哇，你太棒了！

好了，我们言归正传。

舒文把我放在钢琴上。

“这里视野不错，你在这儿可以看到教室里发生的一切。”他轻轻地对我说。

我高兴地在他面前转圈圈。

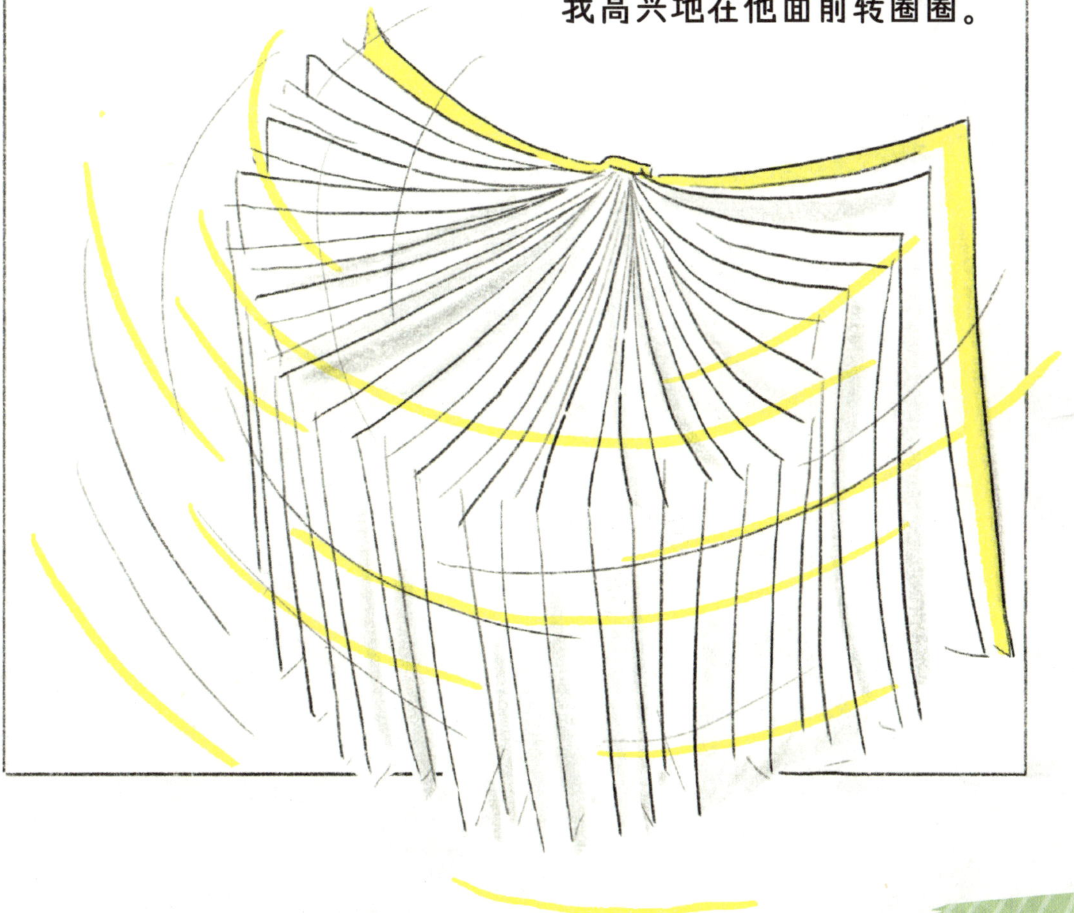

“今天我们要认识几样乐器。”兰格老师边说边举起了一把吉他。

“唐莉，这是什么？”

“啊……”唐莉被问住了。

看起来情况不太妙，我得帮她一下。

我给她递了一个字。
我是怎么做到的呢？想象一下你放屁的感觉。

我把我的书页压得紧紧的，然后猛地松开它们，一个字弹了出来。

我给唐莉递了一个“琴”字。

“琴？”她有点儿不确定地回答道。

“确实是某一种琴，”兰格老师说，“再想想。”

唐莉看起来有些绝望，于是，我又给她递了一个字。你知道是哪个字吗?

对啦，就是“吉”。

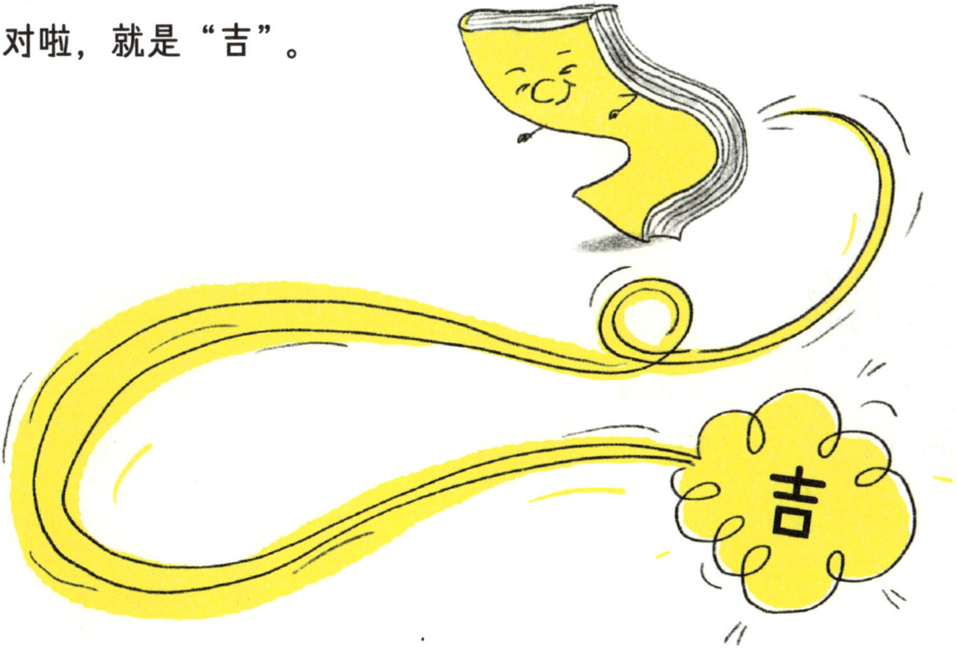

“吉他！”唐莉大声答道。
“答对了！”兰格老师称赞道。
我赶紧让我提示的两个字消失。

“我要用这把吉他演奏一首歌，”兰格老师说，“大家可以跟着我一起唱。”

“请您唱《哆来咪》吧！”唐莉提议。

“对对！”孩子们都附和道。

兰格老师点了点头。

所有人都开始唱歌：
“大家一起来从头学……”
李坪轻轻用脚打着拍子，
范迪随着音乐甩动头发。

我不停地敲击着钢琴顶盖，刚开始的时候敲得很轻，后来越来越大声。

我实在太喜欢音乐了！

歌唱到一半的时候，兰格老师停了下来。她瞧了瞧四周，问道：“那是什么声音？”

我确信她说的是我，所以我立刻老实了，不然她可能会把我放回书架！
我才不要回到书架上。其他书喜欢在书架上待着，我可不喜欢。

“我们什么声音也没听到呀。”向宁回答。
“请您接着唱吧！”唐莉说。
舒文向我眨眨眼。
兰格老师困惑地摇了摇头。

她接着唱起了下一段，而我不由自主地再次跟随音乐敲击钢琴顶盖。糟糕……我又闯祸了！

我因用力太猛，从钢琴顶盖上摔了下来。“哐”的一声响，我跌在了琴键上。

但是，这声音听起来很不错啊！哈哈！
这是我第一次演奏音乐呢。

你见过会弹钢琴的书吗？我看起来很帅气，不是吗？

我在琴键间跳跃，这种感觉实在太美妙了！

“快看那本书！”范迪叫道。
“它在做什么？”向宁惊讶地指着我。
舒文微笑着说道：“它在弹钢琴。”

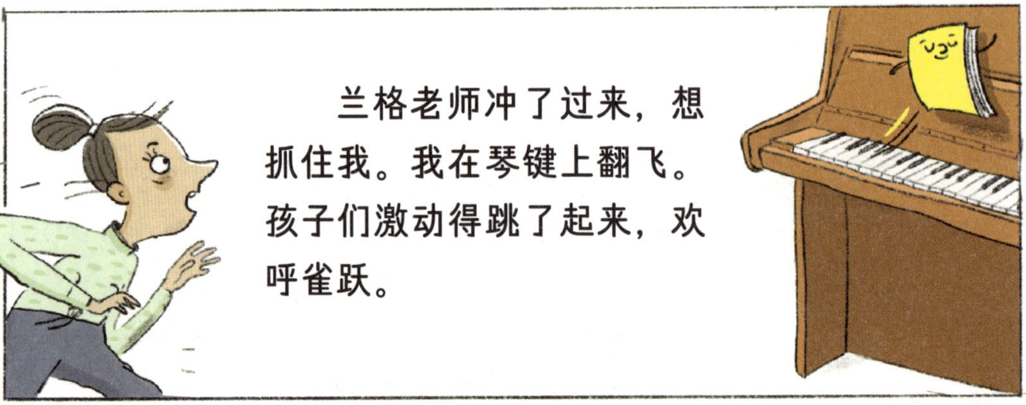
兰格老师冲了过来，想抓住我。我在琴键上翻飞。孩子们激动得跳了起来，欢呼雀跃。

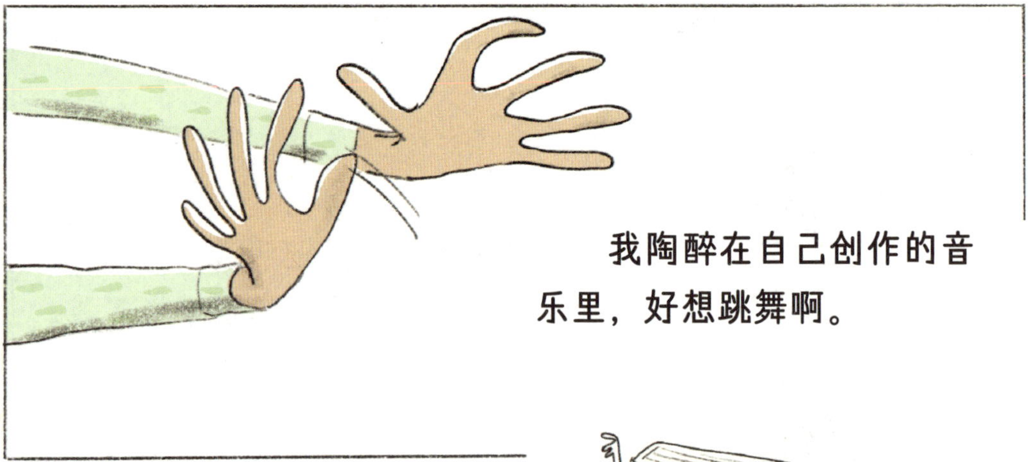
我陶醉在自己创作的音乐里，好想跳舞啊。

糟糕！兰格老师就要抓住我了！她向我伸出双手，我赶紧向下倒去。

不幸的是，我掉下来砸到了兰格老师的脚，而且正好是我的书角砸到了她的脚。

她惨叫一声。
哎呀，我不是有意的！

幸好舒文
反应快。
他一把抓住我，
迅速把我放进他的书包里。

“刚才你演奏的音乐真不错！”舒文轻声对我说道。

我也这么认为。

兰格老师摇了摇头，揉了揉自己的脚。她看起来有些茫然。“孩子们，听我说，”她说，“我觉得这里有古怪。”

我咯咯傻乐，已经开始期待接下来的冒险了。
舒文肯定会和我一起的，你呢？你也会吗？

不过，偷偷告诉你，我的书角好疼。你能帮我吹吹吗？也许会有点儿用！
谢谢！
我发现你人真好，而且阅读能力特别棒！

恭喜你啊，你又读完一个故事啦！

现在你已经是阅读小能手了。我宣布：你可以进入下一个阶段的阅读啦！

你知道这意味着什么吗？
这意味着：接下来的故事，句子会更长，内容会更多。
你准备好了吗？我们开始吧！

午休时间到了

舒文非常清楚我有多喜欢冒险。每天早上他都会把我从教室的书架上拿下来，找一个合适的位置放好，让我可以有绝佳的视野观察教室里发生的一切。

他会在课间带着我出去玩，这真是太棒了！因为总是会有令我兴奋的事情发生。

数学课开始了，新的故事也开始了。

花茨老师把练习题分发下来，并提醒大家：“自己做自己的！”

还有比大家都默默地做习题更安静的课堂吗？没有了！

孩子们非常自觉，
没有窃窃私语，没有四处张望，
也没有在椅子上动来动去。

教室里鸦雀无声，我实在太无聊了，只好睡觉。

丁零零零零！

突然，一阵铃声把我惊醒，我吓得直接从书架上摔了下来。幸好我没砸到谁的头或脚，而是摔在了坚硬的讲桌上。

我突然从天而降摔在花茨老师面前，他被我惊得跳了起来。他的椅子倒了，哎呀，一声巨响！

虽然当时我们都不同程度地感到惊慌，但现在回想起来，我却觉得这个意外又惊吓又好笑。

现场惨不忍睹，你还是去看看吧。

到处是噼啪、哐啷的声音，教室里瞬间变得乱哄哄！

孩子们先是一愣，接着都笑得前仰后合。

花茨老师疑惑地挠了挠下巴。“不管怎样，这件事确实很诡异。”他喃喃自语。

幸好下课铃响了，舒文拿起了我。“难道你愿意留在教室里？”他问道。

我当然不愿意，兴奋地抖了抖书页。
“好，那我们走吧！”

“你在和谁说话呢？”唐莉问道，“和这本书吗？”
“是的。”舒文回答。

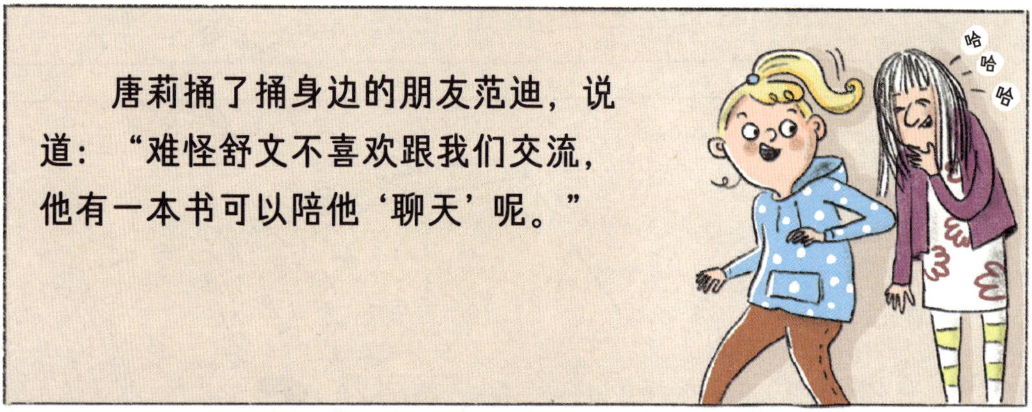
唐莉捅了捅身边的朋友范迪，说道：“难怪舒文不喜欢跟我们交流，他有一本书可以陪他‘聊天’呢。”
哈
哈
哈

两个人对着舒文哈哈大笑。

每当听到类似言论的时候，我总是非常生气。为什么要笑话舒文呢？他想做什么就做什么！好在舒文压根儿不在意这些，他把我夹在他的胳肢窝下径直离开了。

“为什么你去哪儿都带着这本书？”花茨老师问道。

“因为我喜欢它。”舒文回答。

如果我的封面和封底可以变色的话，那它们现在一定羞得通红了。

花茨老师说："那天它把我的头砸得很疼。我甚至怀疑它是故意的。"但刚说完，他立马摆了摆手，"不过这怎么可能呢，它就是一本书而已！"

“你要小心些，别把它弄丢了，也别把它掉进泥浆里。”

花茨老师是怎么想的！泥浆浴舒服极了！好吧……也许并不是那么舒服——洗过泥浆浴后，估计我的书页全都会粘在一起。

“我会好好照顾这本书的。”舒文说道。他真的是一个值得信赖的朋友。

舒文穿上外套，带着我走出教室在学校里闲逛。他和李坪吃茶点的时候，我就躺在乒乓球桌上晒太阳。这里真是太舒服了！

“嘿，舒文，”李坪说，“我有一颗牙齿松动好多天了。”

“需要我帮你拔了吗？”舒文认真地问道。

“我什么办法都试过了，”李坪无奈地说道，“但都没有用。”

李坪和舒文吃完点心后一起去向体育老师借来了足球。

舒文将我靠在球门柱上。我喜欢这个位置，因为在这里我可以看到球场上发生的一切。

球赛很快就开始了。

舒文、李坪和向宁都在，还有唐莉和范迪。其他班级的几个孩子也参与了进来。

足球在草坪上来回滚动，向宁进了第一个球！

“这不公平！”唐莉喊道，“我们还没有准备好呢！”

我不认为这有什么不公平。唐莉只是有点儿气急败坏，因为她没能第一个进球。

唐莉抓起球，然后把它踢给了范迪。她们两个人就这样一直不停地互相传球。

“嘿，传球啊！”舒文喊道，但唐莉和范迪完全不理他。

唐莉带球跑向球门，起脚射门。不幸的是，她没有把球踢进球门，而是踢到了我身上。

哎——哟——

我觉得有点儿晕，脑中嗡嗡作响，不过我的意识还是清醒的。

足球在我面前上下弹跳。我迅速向后移动了一点儿——

冲刺，触球。

李坪加速向前，高高跃起，用头顶了一下，球进了！

耶！大家都欢呼起来。

“嘿！”舒文问道，“你们看到是谁助攻了这个进球吗？”

“当然，”唐莉自豪地回答，“是我呀！”

舒文摇了摇头。“不，不，不！”他指着我说，“是它。”

我必须承认，我有点儿得意。

不经意间，我的目光落在了兰格老师和花茨老师身上。现在是午休时间，他们负责看护孩子们。

“我一定是在做梦，”兰格老师说，“那本书真的和孩子们一起踢球了？”

“你有点儿糊涂。”花茨老师说着，有些担忧地看着兰格老师，“你还好吗？你不是发烧了吧？”

“才没有呢！”兰格老师愤愤地回答。

我听得咯咯直笑。

这两个人根本不知道他们现在谈论的是一本什么样的书。他们要是知道……

唐莉也不相信：“怎么可能？这本书根本就没和我们一起踢球。”

“不，它也参与了。”舒文反驳道。

“对，这本书和我们一起踢球了。”范迪也说。

“那你一个人跟你这本‘神奇’的书一起踢球吧！”唐莉说完，怒气冲冲地转身离开。

哦，不！

我不喜欢争吵。如果我有脚的话，我真想追上去。

“小伙伴们，你们看！”李坪突然呼唤大家，并伸出他的手。可惜我没看到上面有什么。

“你的牙齿！”舒文叫道。

“是的！”李坪兴奋地跳了起来，“那个头球把我的牙齿震掉了。”他边说边向我跑来。

　　我有点儿茫然，不知道接下来会发生什么。

　　李坪竟然把我抱了起来，然后亲了我一下。

“谢谢你！”他说，“谢谢你，真是太谢谢你了！”然后他又亲了亲我。

虽然我不太明白他为何会这样，但不管怎样，一定是好事！

李坪双手紧紧地抱着我。“真是一个伟大的传球，”他说，“这颗牙齿已经困扰我很久了。”

午休时发生的事情真是令人目瞪口呆，不是吗？顺便说一句，我现在需要一点儿新鲜空气！你能把我散开来透透气吗？或者帮我吹吹风……

谢谢你！
午休期间的故事还没有结束。

“牙齿事件”之后，大家都不踢球了。每个人都很兴奋。他们争相要看那颗脱落的牙齿，并在学校操场上互相研究各自口腔里的牙齿状况。

你知道吗?

他们完全忘记了我！甚至我的好朋友舒文也忘记了我。我眼看着他离我越来越远。但是我想，他很快就会回来找我的。

我永远相信舒文!

不过，接下来发生了两件事：上课铃响起，休息时间结束了；外面开始下雨了。

请注意！

唉，虽然我很不情愿承认，但是，我的确被忘记了。

我孤零零地靠在球门柱上。

李坪、向宁、范迪和舒文都进教室了。我书页里的文字都在瑟瑟发抖。

如果没人把我带走，我的书页会被雨淋到湿透。

然后呢？

就不会再有人愿意读我这本书了！

我看到一个身影走过学校操场。
那是唐莉。
对，就是她。
就在不久前，她还因为我发了脾气。

但现在她是唯一能救我的人。
“唐莉！”我喊道，“唐——莉！”
她当然听不到我的呼唤。
雨越下越大。
我被淋得更湿了。

我敲了敲球门柱，突然有了个主意。这个办法可能有点儿难，但我应该能成功。

我让自己向前倾敲击球门柱，但力度不够。我又做了一次：先向后再向前。我掌握了窍门，敲击开始变得有节奏、有规律。

终于，唐莉看向我了。这太让我惊喜了，她真的向我走了过来。

“嗯，你……”她边说边环顾四周，可能担心别人看到她和我说话。毕竟，她之前还取笑过这种行为。

“你想和我一起进教室吗？”

我用尽所有的力量，蹦得高高的。
成功了！
唐莉被我逗笑了。

“来吧。”唐莉边说边把我紧紧抱在怀里。她甚至把她的外套罩在我身上保护我。

我好高兴啊！

我是世界上最幸福的书！

唐莉带着我走进教室的时候，舒文站起来惊呼："哎呀，我竟然完全忘记这本书了！"

唐莉把我放在舒文的桌子上，略带歉意地对他说："对不起，我刚才不该笑话你。它确实是一本特别的书。"

舒文大度地笑了笑，对唐莉说：“对了，你的球踢得很棒。”

“是的。”李坪附和道，“要不是你将球传给这本书，我的牙齿现在还在嘴里折磨我呢。”

我非常感谢唐莉，飞快地翻过前面的书页，打开了第 72 页。

因为那一页上有很多爱心，我要让她看到我的谢意。

这时，花茨老师进来了。

“这是什么？”他问道，“为什么这里有爱心在飞？”

李坪、唐莉和舒文都笑着耸了耸肩。

“我就说嘛，”花茨老师喃喃自语，“这个地方很古怪！”

我马上将一颗爱心送给了花茨老师。

今天真是一个超级精彩又令我难忘的日子。让我感到如此幸福的日子不多，还有……

恭喜你，你又读完了一个故事！这真是一个非常长的故事。

我希望你没有觉得很辛苦。我只是单纯地喜欢讲故事！

现在你可以阅读内容更深的故事了，也就是我这本书里最长的故事。

你准备好了，对吗？
我们现在就开始吧！

还不行吗？

那就先把前面的故事再读一遍吧。不用担心，我会一直陪着你的。

你好呀！你来啦！每次你翻开我的时候，我都很高兴，因为我又可以陪伴你了。

顺便说一下，这只是我很自豪自己是一本书的原因之一。此外，我还可以认识很多人：一些人会把我放在某个架子上就不再翻阅，更多的人则会从头到尾浏览我或者仔细阅读我。不管用哪种方式，他们都在这个过程中享受到了快乐。

抱歉，我扯远了。我知道，现在我面对的是一个专业小读者。

准确地说，你已经是一个阅读小能手了。对，就是你哦。你希望我给你讲一个新故事吗？我得想一下你可能会比较喜欢哪一个。我想讲一个不是在学校发生的故事，嗯……应该说，不是直接在学校这个场景里发生的故事。

想到了！那是一次班级郊游，我也去了。

故事要开始了。

猴子围栏里的我

我刚醒，就看到舒文冲进了教室。只有他，没有其他人。这很奇怪，因为通常早上大家会整整齐齐地聚集在教室里，叽叽喳喳、喧闹不已。

顺便说一下，几个月过去了，舒文的阅读能力突飞猛进，和你现在一样棒了。

“快！”他一边说一边把我从书架上拿了下来。啊！我的书页立刻绷紧了，他的手实在太凉了！

“我差点儿把你忘了。”他把我夹在胳肢窝下，径直跑了出去。他跑出教室，下了楼梯，经过学校的操场，来到停车场，那里停着一辆大客车。

“舒文，你去哪里了？”花茨老师问道，并挥手示意他过去，“我们马上要发车了！”

“如果我们去郊游，一定要带上这本书。”舒文气喘吁吁地回答道。

我很清楚地看到，花茨老师正在摇头。兰格老师站在他身边，低声说：“我们应该小心那本书，它实在是太古怪了。”

“那本书能做什么呢？”花茨老师问舒文。

好吧，我不服气地想，你总有一天会知道的！

“舒文，”兰格老师说，“我觉得你把它留在学校里会更好，因为它可能会影响你的郊游体验。”

兰格老师是怎么回事啊？她为什么会说出这种话？我非常生气，绷紧了我的书页，弹射出了几个句号。它们像苍蝇一样在空中飞舞。

它们落在兰格老师的头发上和脸上。

“你头发上有东西。”花茨老师说。兰格老师用手指疯狂地梳理她的头发。

舒文趁机迅速带着我上了车。哈！我们通过天衣无缝的配合成功登上了车！开车啦！这是我第一次郊游！几个月前，当我从印刷厂出发，和其他书挤在一个大托盘上时，我做梦也想不到能经历如此刺激的书本生活！

今天也是我第一次看到大客车的内部。原来大客车里有这么多座位！我听其他书说，每天都会有各种类型的汽车运行，因为它们要送学生上课、员工上班。而大家会利用乘车的时间阅读。但是，这些书在剩下的时间里只会被塞进一个袋子。很可悲，不是吗？

“我旁边这个座位空着！”李坪招手让舒文过来。

“你可以让我靠窗坐吗？”舒文问道，“这样的话，这本书就可以看看外面的风景了。”

我真的很喜欢舒文，他总是为我着想，他似乎知道我还没怎么见过外面的大千世界。我知道有些书可以躺在沙滩上晒太阳或跟着主人徒步旅行，饱览最美的自然风景。那才是生活该有的样子。我对这次郊游的目的地已经期待不已了。

“我最想看到的是狮子。”李坪说道。狮子？我的天哪！我们要去非洲吗？

“我希望能看到企鹅。”舒文回答。

我稍微想了一会儿就明白了——我们要去动物园！太好了，我以前从来没去过。我太高兴了！

舒文把我往窗玻璃前靠了靠，我可以好好地欣赏美景了。

大客车开动了。一切都以一种奇怪的方式震动。

车子经过第一个拐角的时候，我向后倾倒，摔到舒文的腿上。他把我扶直，但我没能坚持太久，因为大客车接着轧过了一些坑洞，我又摔倒了。你能理解我的感受吗？我眩晕得想吐，很不舒服。我体内的文字也糟糕透了，乱作一团。

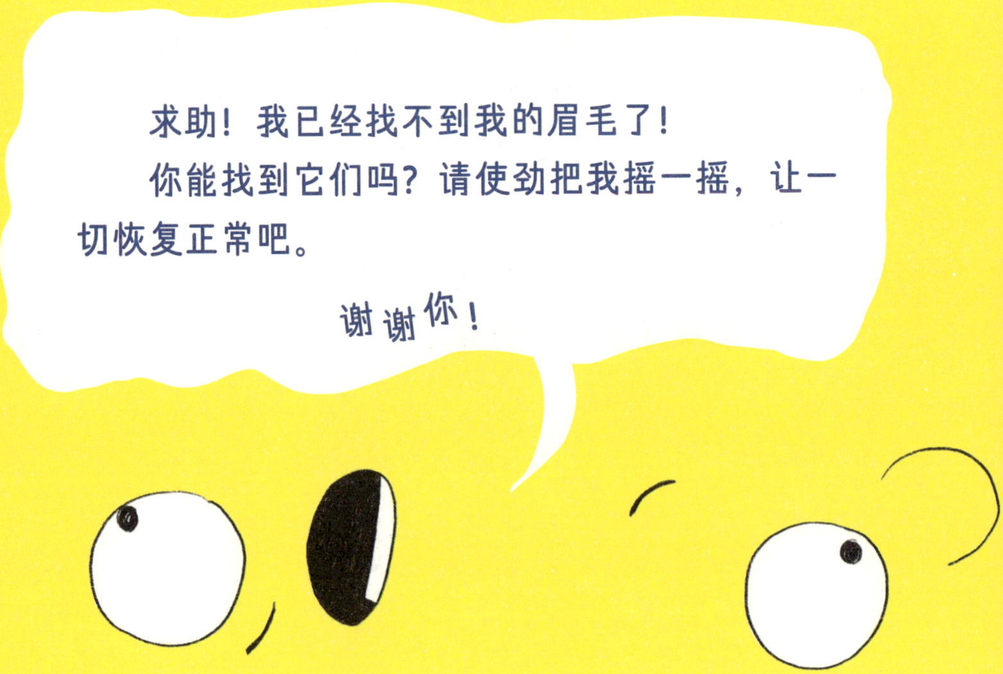

我真希望这趟大客车之旅能尽快结束。我现在躺在舒文的腿上，虽然还是看不到任何东西，但终于可以缓口气了。

“那是什么？”过了一会儿，李坪突然俯身问道。

“啊，”舒文说，“看起来这本书丢了几个字！”

什么？！我甚至没有注意到这件事。哎呀，真是太丢人了！

但舒　是　确的，我确　丢失了几　字。

你能找出上面缺少哪些字吗？不行的话，可以试试这些字：文、正、实、个。

舒文把我翻开，将字放回书页。我马上感觉自己好一些了。大客车终于停了下来，我实在太高兴了！

“到了！”花茨老师喊道，所有的孩子都跳了起来。“请大家待在座位上别动。兰格老师和我想再向你们交代几点注意事项。”

“我们先一起进动物园，然后我们分成两组。”兰格老师说道。幸运的是，她似乎已经把我忘了，没有宣布我这本书必须留在车上。

“一半人和兰格老师一起，另一半人和我一起。”花茨老师继续说道，“中午我们再集合，一起野餐休息。”

舒文把我放在了他的背包里。背包里有一个隔层把我垫了起来，这样我就可以轻松地看到外面。今天我跟一根香蕉和一个奶酪三明治一起欣赏美景。我不太喜欢它们的气味，但这不是它们的错。

好在我那翻江倒海般的眩晕感终于消失了。我们下了车，舒文背上了他的背包。我喜欢像这样被人带着四处逛！

花茨老师买好了门票。进了大门后，孩子们分开了，李坪、舒文、唐莉和范迪与兰格老师一起。但我更喜欢花茨老师，兰格老师实在是太敏感了。

也许我可以开个小玩笑逗她开心。

“我们先去水族馆。”她宣布。

什么？这怎么能行呢？据我所知，水族馆并不是很大，更重要的是，我不想被弄湿！

孩子们似乎并不在意，他们跟着兰格老师往前走。我们下了一层楼梯，眼前突然一片漆黑。

“救命！”我喊道，“我们在哪里？”

毫无疑问，没有人回答我。香蕉和奶酪三明治也没出声。虽然我和它们在背包里特别拥挤，但是有它们在我的身边，我不会那么孤单。

终于，我的眼前出现了亮光，不是很明亮，像暗淡的绿松石色。我终于放松了一些，但等待我的是又一个惊吓——一条张着大嘴的大鱼向我游来，我赶紧往舒文的背包里躲。

“在橱窗前，大家会看到各种水生动物的介绍展板。”兰格老师说道，“大家可以自由参观15分钟，然后在出口处集合。”

我终于明白发生什么了。通常情况下，我的反应没有这么慢，但这次我花了点儿时间。我们站的地方很干燥，橱窗里面才有水，各种水生动物在里面游来游去。隔着玻璃，它们伤害不到我，我也不会被水溅湿。舒文继续往前走，我从背包里往外探了探身子，观看橱窗里的生物。我惊呆了，哇，它们居然有这么多色彩！

当舒文站在一个有美丽植物和许多迷你鱼的玻璃缸前时，我发现兰格老师正站在玻璃缸的另一边。从这个角度看过去，她就像在水里游泳一样！

我觉得舒文看起来应该也是这样的，于是我把书页两侧紧紧地压在一起，弹射出几个句号。它们快乐地飘浮在舒文的头上，就像小气泡一样。

“舒文！”兰格老师惊慌地叫道，“等着，我把你救出来！”

兰格老师第一时间发现了舒文身边的气泡，她以为舒文掉进了玻璃缸。她来到玻璃缸边，试图在缸里找到舒文。此时的她看起来像一只张牙舞爪的水母。

“发生什么事了，老师？”舒文边问边绕过玻璃缸。

“嗯……嗯……我想……”兰格老师变得犹豫起来。“好吧，”她挥了挥手，“算了，我一定是看错了。”

她用细长的手指捡起一个落在舒文肩膀上的句号。她检查了一下它，若有所思地看着我，然后摇了摇头。

她把这个句号随手抛向空中，但我接住了它，把它放回了书页。

我们走出水族馆，阳光刺眼，我不得不把我的书页关得紧紧的。

“我建议大家沿着路标指示的环形路线参观。”兰格老师说。

“那我们接下来去找猎豹吧！”唐莉提议。

哇，我记得猎豹是速度超级快且非常危险的动物。我希望它们待在围栏里，不要跑出来。

但是出乎意料，猎豹并不凶狠。之后，我们又看了狮子、老虎。接着，我们面前突然出现了一座巨大的猴子馆。

虽然我以前从未见过真正的猴子，但我马上感应到我们大概会很合拍。因为猴子们太调皮了，喜欢嬉闹。你知道的，我很喜欢这样的氛围。

围栏里，两只猴子在玩捉迷藏，一只找，一只躲；还有一只猴子在荡秋千；另外两只坐在一根粗大的树枝上，似乎在观察孩子们。

我感觉到，有一只猴子正看着我。我突然想起，我曾经在书架上和一本挨着我的非小说类书交谈。它告诉我，猴子喜欢吃香蕉。

你还记得背包里有什么吧？你能猜到我准备做什么吗？

我相信舒文也会觉得这很有趣。

我小心翼翼地来回挪动。香蕉可能有点儿被压扁了，但我相信猴子们不会介意。我努力打开封皮，夹住香蕉。接着，我抖了抖两边的书页，设法把香蕉从背包里推了出来。猴子反应太快了，转眼间，它就抓住了香蕉。

“嘿，”舒文笑着喊道，“猴子抢了我的香蕉！”

“真的吗？”李坪问道，“这太有趣了！”

“请不要离围栏这么近。”兰格老师及时提醒大家。

但随后发生了令人难以置信的事情：猴子吃完香蕉后，它的手又朝舒文的方向伸了过来。难道它发现了奶酪三明治？我还没想明白呢，它突然一把抓住了我——它的目标不是奶酪三明治，而是我！

我的天哪！

“那本书！”唐莉喊道。我只来得及看到舒文惊慌的眼神，就被这只猴子抓过去甩来甩去，弄得头晕目眩。

“那只猴子把书抢走了！”舒文喊道。

“什么？”兰格老师惊叹道，“我告诉过你们要和它保持距离。这下好了，出事了吧？”

猴子把我放在树干上，用拳头捶打我。哎哟，好痛啊！

“我去找人帮忙！”舒文喊道。

“舒文，你要跑到哪里去？”兰格老师扯着嗓子叫道。

“我得帮我的朋友！”

不过我什么也看不到了，因为另一只猴子抓住了我。它闻了闻我。哦，不！它在用舌头舔我！也许是因为我身上还有香蕉的味道。真是太恶心了！

围栏前的人们却觉得这一幕非常有趣。

“哈哈！”范迪大笑着，“猴子居然抢书看！”

“这群猴子估计会轮流把书翻一遍！”兰格老师笑得很开心。更多的人开始注意到这边的情况，他们都发出了愉快的笑声。但我很难过，他们根本没发现我的痛苦，只把这个意外灾难当成一个娱乐。

好在猴子松开了我。我掉在了地上，试图挪到一段横放着的树干下面，这样就没有猴子可以抓住我了。

舒文到底去了哪里？

“这本书就这样吧。”兰格老师并不准备拯救我。

“但它不是一本普通的书！”唐莉说道，“它可以弹钢琴、踢足球，还可以……”

“唐莉，不要胡闹了。”兰格老师说道，“没有书会弹钢琴，更别说踢足球了。我很高兴你喜欢阅读，花茨老师可以给你们再买一本一样的。”

我没听错吧？我弹钢琴的时候，兰格老师明明就在现场！她宁愿相信闹鬼，也不肯相信我是一本聪明的书，还想把我留在这里任我自生自灭？

“好了，孩子们，我们继续参观吧。”她敦促孩子们。

“我们得等舒文回来。”李坪提醒道。

“他到底跑到哪里去了？”兰格老师看起来有些焦虑。

这时，一只小猴子向我窜来，它小心翼翼地把我抓起来并端详。

小猴子的小爪子非常柔软。接着，它把我翻开了。很好，我书页里的字也可以看看大千世界啦。

很多人站在围栏前面围观。一位老先生感叹道：“我猜这只小猴子想给我们读书！”其他人纷纷附和。

我定了定神，做好准备，弹射出一句完整的话。为了让所有人都能看清，我还把字放大了一些。孩子们开始惊诧地大叫。

“快看！”范迪喊了一声。

“兰格老师真冷漠！”李坪大声念道。

“你在说什么，李坪？”兰格老师眉头一皱，然后发现了小猴子头上的文字，“那是……够了！这真是……太无礼了！”

“这只猴子是怎么做到的？”唐莉问道。

“也许它天赋异禀。”老先生若有所思地说。

兰格老师在围栏前不安地踱来踱去。“绝对是这本书在搞鬼。”她咕哝道，“可惜花茨老师不在这里，没看到这一切。我就说这本书有问题。”

“所以您也认为这本书会弹钢琴、会踢足球吗？”唐莉问道。

兰格老师不置可否。

我觉得她已经信了。与此同时，我看到了舒文，他终于回来了。

舒文，我的救星！我书页上的文字也一定发现了他，因为它们把自己缩小，并迅速落回打开的书页上。

舒文向围栏跑来。他身后跟着一个身穿工作长裤和格子衬衫的高个子男人。那个男人问道：“嘿，你的书呢？”

“在小猴子旁边。”舒文回答。他一眼就发现了我，不愧是我的好朋友。

“你们不要给管理员添麻烦了，我们直接买一本新书就好。”兰格老师说道，“我已经和孩子们讨论过了，这本书我们不需要了。”

就在这时，小猴子又一把抓住了我。

“您说的有一定道理。”管理员回答，“但是，这已经不是猴子第一次从我们的游客那里抢东西了。”说完，他就从我的视野里消失了。

我只好祈祷小猴子能对我好一些，不要把我扔来扔去。我今天实在是受够了。

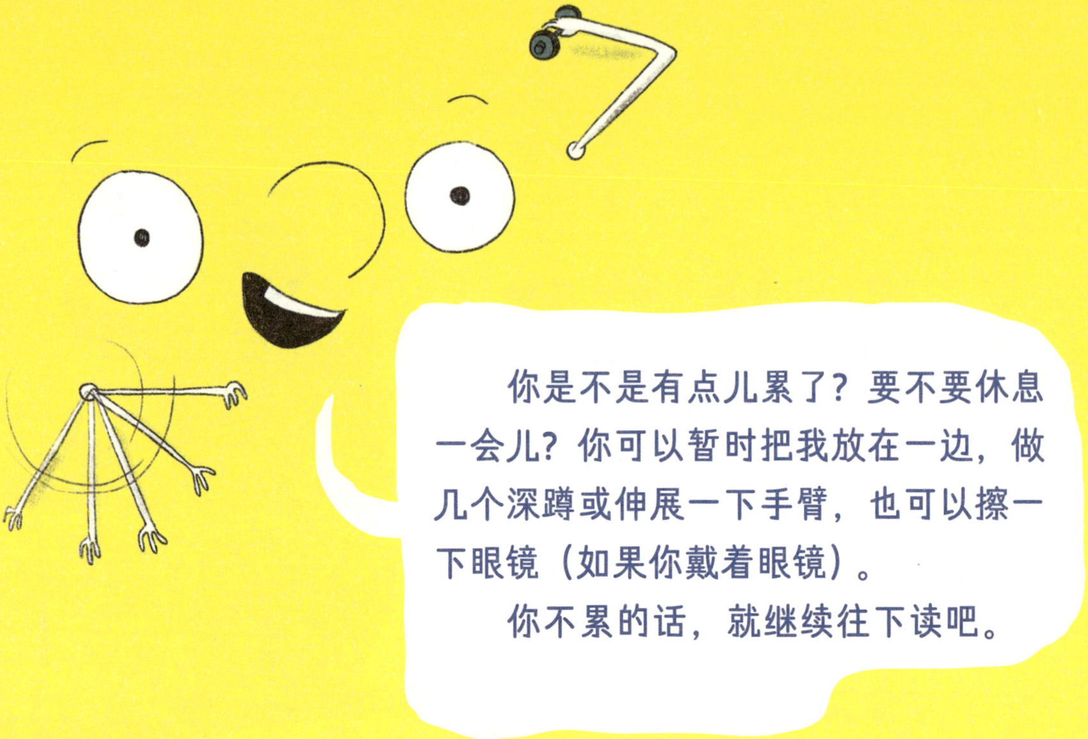

感觉像是过了很久，那个管理员又出现了。不是在围栏外面，而是在围栏里面！他是怎么进来的呢？

不想了，最重要的是，他是来解救我的，我又可以回到舒文身边了。

他应该带了一些食物过来，因为猴子们都很兴奋。

他走到了我身边，在小猴子面前蹲下，掏出了几片苹果。我猜他是想用苹果换回我。但小猴子也不傻，它把一只爪子压在我身上，用另一只爪子去抓苹果。

“哈，你可真是个聪明的小家伙！”管理员不禁夸赞道。

如果说这里有谁是聪明人，这个管理员绝对称得上。他的手里全是水果，小猴子需要用两只爪子才能把它们全部拿走。计划成功了，小猴子把我松开了。

管理员拿起我，带我走出了围栏。

当舒文把我抱进怀里的时候，我好想哭。

注意：书不能哭，因为眼泪会把书页打湿。

舒文安抚地拍了拍我，轻声说：“别怕，有我在。你很安全，现在没事了。”

经历这样紧张刺激的事件之后，我已经疲惫不堪，迅速睡着了。

呼噜呼噜呼噜……

当然，睡着的我没办法再跟你叙述动物园里看到的动物了。但说不定你早就已经认识它们了。

大家来到游乐场时我才醒过来。舒文没有注意到我在睡觉，不然他肯定会把我放进背包里。然而现在，他正带着我滑滑梯。

舒文有点儿忘记危险了，他竟然在滑梯中间站了起来，还把我高高举过头顶。

“小心！”范迪在后面喊道，但我已经感到了颠簸，因为她直接从舒文的身后撞了上来。

而我呢？

我被甩到了空中，画出一道弧线，正好落在兰格老师的腿上。

这可真是太准了……

我还在生她的气，因为她只想让我在猴群里自生自灭，所以我用我的文字弹射法向空中发射了几个标点符号，让它们落在她的鼻子上。她的鼻子开始抽动，而我赶紧借力逃开了。

“阿嚏！”兰格老师接连打了好几个喷嚏，“阿嚏，阿嚏，阿嚏……”

阿嚏！ 阿——嚏——！

当然，从这以后我再也没有见过这几个标点符号，但我想这并不算多糟糕，不是吗？

兰格老师很生气。舒文很快就拾起了我。兰格老师在他身后愤怒地喊道：“给我等着，你这本只会闯祸的书！我一定要把你丢出图书馆！”

就在这时，花茨老师出现了，他难以置信地看着兰格老师。“你怎么了？”他焦急地问道，“你为什么这么歇斯底里？你要是不舒服，我……”

“我要抓狂了！”兰格老师吼道。

“这本书似乎让她很狂躁。”舒文说道。

花茨老师控制不住地笑了起来：“好吧，如果没有别的事……”

我们的郊游结束了，大家都登上了大客车开始返程。兰格老师一路上都没有再说一句话。

我很想感谢舒文带我出来参观动物园，可惜他听不到我说话。如果有一天你遇到他，希望你能帮我转告他。

好了，现在你知道了一些关于我的故事，与此同时你也学会了阅读。很不可思议，对吧？舒文现在也能轻松地阅读了。暑假过后，他会进入下一个阶段的学习。

我好舍不得他啊。

这次学校郊游结束后，舒文把我带回了家。他把我放在他房间的书桌上。“我想我们现在必须说再见了，”舒文叹了一口气，“毕竟兰格老师生气了。”我能听出来，他有些悲伤。

我非常理解他，因为我们已经成了真正的好朋友。但现实有时是残酷的，像舒文这样拥有较强阅读能力的孩子，需要挑战新难度的书，这一点不言而喻。而我也需要带着另一位孩子阅读我这本书了。

舒文最后一次抚摸我的封皮。“祝你旅途愉快。”他低声说着，然后把我塞进一个漂亮的厚纸袋里。

“保重。”我也向他道别，同时向他发射了几颗爱心。

几个月过去了，现在我来到了你身边，我真幸运。而在这几个月里，我又经历了许多冒险，下一次再讲给你听。

现在，我只想静静地和你多待一会儿。也许什么时候你可以带我去你的学校，那一定是非常有趣的事情。

或许我们也会有许多新的传奇经历呢。

怎么样？你要带我一起去吗？